F. FERTIAULT

LA MATIÈRE ET L'AME

AUX POÈTES SENSUALISTES

INTRODUCTION

PAR

MESSIRE-JEAN

« L'argile où manque le feu saint. »
F. F.

PARIS
AMABLE RIGAUD, LIBRAIRE ÉDITEUR
50, RUE SAINTE-ANNE, 50
1863

LA

MATIÈRE ET L'AME

OUVRAGES DE F. FERTIAULT

LA NUIT DU GÉNIE, Poème, broch. in-8.
LE DINER DES SEPT CHATELAINS, Poème-légende en 3 parties, broch. in-8.
LE XIXe SIÈCLE, Satires morales en vers (en collaboration avec Eugène Nus). Broch. in-8.

LE BOURGUIGNON,
LE MINEUR,
LE VIGNERON,
LE BANQUIER,
} Types dans *les Français peints par eux-mêmes*, édités par L. Curmer.

Traduction des **NOELS BOURGUIGNONS** *, de Gui-Barôzai Bernard de La Monnoye). 1re édition, avec Glossaire et Musique. 1 vol. in 16.
Traduction des **NOELS BOURGUIGNONS** *, de Gui-Barôzai (Bernard de La Monnoye). 2e édition, augmentée des **NOELS MACONNAIS**, * du parrain Bliaise (le P. Lhuilier), et illustrée de 24 dessins sur bois de J. Bertrand. 1 vol. in-16, chez Auguste Aubry et A. Rigaud.
LES IMPERCEPTIBLES, Poésies, partie d'un Keepsake.
LE SELAM, Langage des Fleurs, illustré. 1e édition, 1 vol. in-32.
id. *id.* 2e édition très-augmentée. Partie d'un vol. in-16.
PAQUERETTES ET BOUTONS D'OR, Nouvelles pour la jeunesse. 1 vol. in-8.
LA BONNE ÉTOILE, Nouvelles pour la jeunesse. 1 vol. in 8.
Édition des **CONTES DE PERRAULT**, avec Moralités en prose et Préface, 1 vol. in-8.
CHANTS POPULAIRES, NOELS etc., article dans le grand ouvrage *le Moyen Age et la Renaissance*. 3 livraisons in-4.
Traduction des **RIMES DE DANTE** *. 1e édition. 1 vol. in-16.
id. *id.* 2e édition. 1 vol. in-16.
LE FEUILLETON DE PARIS, Revue littéraire mensuelle, 4 années de Direction et de Rédaction en chef. Nouvelles et Poésies. 4 vol. in-8.
HISTOIRE PITTORESQUE ET ANECDOTIQUE DE LA DANSE, chez tous les peuples anciens et modernes. 1 vol. in-18, chez Auguste Aubry.
LE BULLETIN DE L'UNION DES POÈTES, Revue poétique mensuelle. 6 années de Direction et de Collaboration. Bibliographies et Poésies, 6 vol. in-8.
LE POEME DES LARMES, (en collaboration avec Madame Julie Fertiault). 1e édition. Partie d'un vol. in-16.
LE POÈME DES LARMES, (en collaboration avec Madame Julie Fertiault). 2e édition, très-augmentée et précédée d'une Introduction par Henri Bellot. 1 vol. in-16, chez L. Curmer.
Nombreux Articles, Nouvelles et Poésies dans :
LE BULLETIN DE LA SOCIÉTÉ DES GENS DE LETTRES,
LE VOLEUR,
LE CONSEILLER DES DAMES,
LE JOURNAL DES ENFANTS,
LE BULLETIN DU BOUQUINISTE, etc., etc.
Trois Envois successifs, faits au ministère de l'Instruction Publique, de *Chants populaires* recueillis et annotés. (Ces trois Envois contiennent de 60 à 70 pièces, presque toutes jugées dignes de figurer dans le Recueil projeté alors.

EN PRÉPARATION :

LÉGENDES BOURGUIGNONNES, 1 vol.
Un travail sur les **CHANTS POPULAIRES**, 1 vol.
ÉPISODES ET CROQUIS RUSTIQUES, 1 vol.
LE NID DU POÈTE, Poésies, 1 vol.

*** Pour chacun de ces trois Textes, (*Noëls Bourguignons, Noëls Mâconnais*, et *Rimes de Dante*), les Traductions que nous indiquons sont les *premières* qui en aient été faites. — A défaut d'autre, nous revendiquons ce mérite.

F. FERTIAULT

LA

MATIÈRE ET L'AME

AUX POETES SENSUALISTES

INTRODUCTION

PAR

MESSIRE-JEAN

« L'argile où manque le feu saint. »
F. F.

PARIS
AMABLE RIGAUD, LIBRAIRE ÉDITEUR
50, RUE SAINTE-ANNE, 50
1863

INTRODUCTION

En traversant cette minute de l'Eternité que nous appelons « la vie » notre oreille, habituée dès le berceau aux bruits du monde, n'en est que médiocrement choquée, puisque chacun de nous contribue au bourdonnement du genre humain.

Le vulgaire — pareil à ces forgerons que le vacarme des marteaux sur les enclumes n'assourdit plus — se complaît dans le fracas de son époque. Sa voix se mêle, tantôt aux cris de guerre des siècles d'action, tantôt aux clameurs des siècles de progrès, tantôt au ronflement sensuel des siècles de prostration et de décadence.

Mais dans ces cohues il est toujours quelques esprits d'élite, dont la voix juste et pure fait dissonance avec la vocifération générale. Chant d'alouette dans un concert de sauterelles; mélodie de rossignol dans une symphonie de crapauds. Ces esprits-là, ce sont les poètes. Poètes, — hommes divins, devins, prophètes.

Aux temps de guerre, ils chantent la paix. Aux temps de progrès, ils pleurent les âges d'or passés. Aux temps de décadence, ils célèbrent la vaillance et les exploits, l'honneur, le travail et les douces et les mâles vertus. Car les âmes des poètes, plus candides que les autres âmes, sont destinées par Dieu à faire tache blanche sur la sombre mêlée des générations. C'est pourquoi les générations qu'ils salissent de leur éclat, ne les aiment guère. Mais c'est aussi pourquoi la postérité, qui n'a point à en souffrir, glorifie leur rayonnement.

La postérité est équitable, et corrige l'injustice des contemporains à l'égard des poètes, comme à l'égard de tout ce qui a laissé après soi quelque trace de grandeur et de générosité sur terre. En parlant ainsi, nous entendons ne parler que des vrais poètes, c'est-à-dire des poètes d'essor et « de combat. »

Mais au dessous d'eux, — et indépendamment des indignes du nom de poète, — il en est d'autres, au vol moins sublime, qui, tandis que ceux-là planent sur les hauteurs, se contentent de voleter où le leur permet leur envergure exiguë.

Le fâcheux, c'est que, en volant trop bas, ceux-ci absorbent souvent les miasmes émanés de la foule ; et leur inspiration s'en ressent.

Il faut résider sur les cimes pour ne s'occuper que de ciel, de lumière et de liberté. Dans les vallées, où le pur esprit se mêle à tant de choses viles de ce monde, il se souille toujours un peu.

De ce commerce illicite de la plupart des intelligences poétiques avec les hommes il est donc résulté une poésie bâtarde, même *prosaïque* — jusqu'à un certain point, — qui fleurit aujourd'hui plus qu'à aucune autre époque : poésie *réaliste*, — puisqu'on lui a donné cette épithète, — c'est-à-dire anti-artistique, — quoi qu'elle prétende, — et qui cherche, par sa ressemblance avec la prose, à se faire pardonner de ses adeptes le rhythme et la rime — cette double musique de la pensée modulée en style. —

Ayant débuté par délaisser — non sans raison — la périphrase surannée, elle a continué et surenchéri en évitant l'idéal pour accaparer le matériel et l'absolu. En fuyant le souffle divin, elle s'est approprié l'esprit terrestre ; — autrement dit, en mordant à belles dents aux fruits de l'arbre de la science et du progrès, elle a perdu son paradis !

De là tous ses malheurs.

Echappée du ciel, elle s'est fait pourchasser des hommes. Renégat de la liberté, elle est devenue esclave de la licence. Or, d'esclave à courtisane il n'y a pas plus loin que d'avilissement à corruption. Aussi, voulant à tout prix complaire à ses tyrans qui la dédaignent, s'est-elle prostituée à leurs brutales exigences, en idolâtrant et en s'efforçant de soutenir sur ses ailes affaiblies leur massive divinité : la Matière... la Matière, qui l'écrase de tout son poids !

Heureusement pour cette Poésie moderne que, dans ce néo-paganisme, elle s'est conservé deux symboles du Beau divin : la forme et la couleur — qu'elle déifie. De prêtresse elle s'est faite artiste — elle le croit du moins ; — ce qui est bien déchoir, sans doute : mais ce qui est, en même temps, savoir se sauver. —

N'ayant plus qu'un rayon de foi insuffisant pour se conduire, elle se montre habile afin d'éviter les chûtes dans sa demi-obscurité ; et c'est encore une consolation pour ceux qui persistent à l'aimer, que de l'entendre chanter à pleins poumons la nature, œuvre de Dieu, et de la voir reporter tout son amour sur la créature, puisque sa croyance au Créateur lui a presque entièrement échappé.

La Poésie actuelle, ombre ou spectre de l'antique Poésie, souveraine déchue des temps fabuleux, s'est faite comédienne pour vivre. Elle règne encore par la couleur et par la forme, puisque — en dépit de ses fidèles dégénérés — elle est éternellement belle ; mais tout son royaume écroulé, soutenu sur des tréteaux, ne s'étend pas au delà des planches ; et elle n'a plus guère pour sujets que des spectateurs, qui ont acquis, en la payant, le triste droit de l'outrager.

Toutefois, telle qu'elle est, gardons-nous bien de la maudire et de l'exiler : même réaliste, elle conserve — avons-nous dit — des trésors de beauté ;

et nous croyons fermement que le feu couvert dans son cœur ne manque que d'une haleine pour se rallumer. On a vu de miraculeuses repentances, grosses de vertus, et des trépas capables de résurrections. D'ailleurs nous avons besoin de la Poésie, même la plus rampante, puisqu'elle fait encore contraste avec l'obscène Réalité. Donc, nos regrets, loin d'exhaler un blâme, ne sont qu'un témoignage de compassion et d'espérance ; et notre amour ardent pour la pauvre pécheresse délaissée fait déjà rayonner à nos yeux toutes les splendeurs du trône que ses remords lui auront un jour reconquis.

Puissions-nous vite y arriver à ce jour tant désiré, où la Poésie moderne, tantôt si attrayante de forme et de couleur dans sa nudité à peine voilée, tantôt si coquettement vêtue de sa robe d'organdi, ou somptueusement drapée dans son manteau de cour, remplacera sa piquante grimace, à la fois prétentieuse et maniérée, mais trop souvent lascive, par le chaste et doux sourire, ou par le regard majestueux qui auréolait sa tunique et son péplum d'autrefois ! Ce jour où, reprenant possession de son âme et rajeunissant son cœur, la simplicité et la fierté renaîtront dans ses yeux pudiques et triomphants, et relèveront sa tête superbe !

Nous ne demandons pas qu'elle abandonne sa souple démarche et son élégance de dame civilisée pour les attitudes austères et le farouche abandon de déesse païenne et de matrone biblique ; non ! Mais que, tout en conservant ses manières *distinguées* et ses poses exquises de femme de notre siècle, elle nous prouve, par son respect des convenances et ses suaves ou nobles aspirations, que — loin d'avoir perdu les saines traditions des grands maîtres, elle s'entend et se complaît à les remettre en honneur, tout en adoucissant leur majesté antique par la grâce et l'esprit modernes.

Ame, cœur, piété, simplicité, vigueur, grâce, esprit, honnêteté, coloris et forme, — source multiple de l'enchanteresse harmonie, — tout le charme est là, comme le démontrent si bien les beaux vers que l'on va lire, vers pleins de sentiment, de justesse et de feu, où la poésie du siècle, véritablement reine encore, nous force à douter si nous n'avons pas fait un rêve calomnieux en la proclamant momentanément déchue.

MESSIRE-JEAN.

Paris, mai 1863.

LA
MATIÈRE ET L'AME

La Chair a tout vaincu ; l'Ame n'est plus maîtresse.

(Auguste Barbier.)

Heureuse, caressée, et souveraine seule,
La chair, toujours la chair étendait ses pouvoirs.

(Claudia Bachi.)

Arrière donc, basse cohorte,
Matérialistes sans cœur !
Esclaves de la pire sorte,
Place aux élus du Créateur !

(Mme Julie Fertiault.)

Et les plus magnifiques âmes
Consument, là, leurs nobles flammes
A n'enfanter que des non-sens :
Et le siècle, écolier docile,
Traduit en morale facile
Qu'en effet il ne croit qu'aux sens.

(Henri Bellot.)

S'il dit : Ma chair est tout ! l'homme se calomnie...

(Paul Juillerat.)

Allez ! les vieux amants des sens et de la forme,
Que votre amour en paix sous les myrtes s'endorme !
Nous avons découvert un autre amour plus beau,
Qui ne se pourrit pas aux fraîcheurs du tombeau !

(Louis Ulbach.)

Domaine de l'Esprit, monde de la Matière,
Je recevrai du ciel l'investiture entière. —

(L. Laurent-Pichat.)

La mort n'atteint que la Matière
Qu'elle pétrit dans le tombeau ;
L'Esprit, pour une autre carrière,
Emprunte un vêtement nouveau.

(Eugène Nus.)

Lisez sans chercher Pan au fond de la nature.

(Clovis Tisserand.)

Tandis que le vulgaire... au positif se vautre,
Qu'il est beau de te voir, amant de l'Idéal !...

(Athanase Forest.)

Et les artistes saints, créateurs après Dieu,
Animés de son souffle, éclairés de son feu,
Durent par les couleurs, et le marbre et la lyre,
Rendre de l'univers ce qu'ils y savent lire.

(Auguste Brizeux.)

Elle vole plus haut l'âme du vrai poëte !...
Son esprit a vaincu la fange,
Et son travail est de penser.

(A. de Lamartine.)

LA
MATIÈRE ET L'AME

AUX POÈTES SENSUALISTES

« L'argile où manque le feu saint. »
F. F.

I

L'UNE.

Beaux ciseleurs de la parole,
Vous, artistes ingénieux,
Dont le rhythme brillant s'envole
Comme un riche oiseau sous les cieux,
Laissant son aile fastueuse
Dans sa route majestueuse
Déployer un viril essor,
Et nous lançant du haut des nues
Des splendeurs toujours inconnues,
Reflets d'azur, de pourpre et d'or;

Bardes à la forme hardie,
Au dire large et saisissant,
Dont le vers jamais ne mendie
Trait vif ou coloris puissant,
Pourquoi vos strophes opulentes
Aux airs frais, aux laves brûlantes,
N'ont-elles pas de séve au sein ?
Pourquoi toujours le corps sans l'âme ?
La matière, hélas ! sans la flamme ?
L'argile où manque le feu saint ?

Votre maîtresse, votre idole,
C'est la matière, c'est le corps.
« Beaux ciseleurs de la parole, »
Vous ne sculptez que le dehors.
Vous savez prendre à la nature
Et sa charpente et sa structure,
Son ciel, son arome et ses fleurs ;
Vous savez entendre ses brises,
Qui seraient volontiers surprises
De vos ruisselantes couleurs.

Vous adorez surtout, poètes,
La femme, étincelle de Dieu ;
Mais les beautés que vous lui faites
Ne sont pas celles du haut lieu.
Loin d'y voir de chastes chrétiennes,
Vous n'y voyez que des païennes
Vous étalant leurs beaux corps nus,
Des courtisanes, des bacchantes,
Qui, dans leurs caresses ardentes,
Se donnent aux premiers venus. —

Vous détachez leurs chevelures
Tombant sur leurs dos potelés,
Et leur nouez d'amples ceintures
Dans ces flots si bien déroulés ;
Puis, cachant leurs blanches épaules
Sous la charmille ou sous les saules,
Vous laissez le soleil gravir,
Tandis qu'à l'ombre parfumée,
Devant la belle et folle aimée
Vos yeux n'ont plus qu'à se ravir.

Il vous faut du vin plein les coupes,
Et plein les lèvres des baisers,
Des yeux mourants, des seins, des croupes,
Et des abandons embrasés.
Quand un rayon du ciel se lève,
Vous n'en faites point votre rêve
Pour songer à qui l'envoya ;
Mais vous en prenez la lumière
Pour dorer la chaude paupière
Où votre regard se noya.

Bardes, vos plus vives images,
Vos tableaux savoureux et doux
Ne sont que d'éternels hommages
A l'argile, embelli par vous.
Sous votre main souvent heureuse
L'art a sa forme vigoureuse,
Le vers peint et sait gazouiller ;
Mais le foyer que je réclame ? —
Non, votre instrument n'a point d'âme...
Ou vous la laissez sommeiller.

Votre muse est une sirène
Au front brillant, au manteau d'or,
Qui dans sa pompe se croit reine
Et dont la chaude haleine endort.
De sa voix souple, harmonieuse,
Elle fait œuvre merveilleuse,
Elle dit ses mille penchants ;
Mais, quoiqu'étant une merveille,
Sa voix n'arrive qu'à l'oreille...
Et le cœur a soif d'autres chants.

II

L'AUTRE

D'autres chants vous doutez peut-être,
Ou vous les croyez sans douceur ? —
Votre muse doit les connaître,
Car elle possède une sœur :
Aux vrais élans du cœur fidèle,
Cette sœur est au-dessus d'elle ;
Sa robe est plus simple parfois ;
Sa tête est plus souvent baissée...
Aux ciseleurs de la pensée
Elle fait entendre sa voix.

Chaque beauté qui vous enivre,
Dont l'attrait s'arrête à vos sens,
Pour elle s'ouvre comme un livre
Dont son esprit clair a le sens.
Elle sait voir dans la nature
Une sublime architecture
Où le divin labeur eut lieu ;
Quand la fleur à ses yeux s'étale,
Elle entend l'odorant pétale
Envoyer ses senteurs à Dieu.

Et la femme ? Quelle auréole
Elle sait lui poser au front !
Loin d'en faire une basse idole,
C'est l'ange où tous nos vœux iront :
Le sol grossier n'est point sa sphère ;
Elle nage en une atmosphère
Que pénètre un bienfaisant jour :
A l'épaule elle n'a pas d'aile,
Et pourtant s'offre à nous, modèle
De l'angélique et saint amour.

Et ce qu'auprès d'elle on éprouve
N'est point un charnel appétit,
Comme en votre sein il s'en trouve
Et dont l'élan vous abrutit.
On sent une flamme limpide
Brûler comme un parfum rapide
Et vous donner vie et chaleur ;
La prière aux lèvres arrive
Et semble un doux filet d'eau vive
Coulant frais à travers le cœur.

Elle n'est point l'être mystique
Qu'un mortel ne peut obtenir ;
A sa région extatique
Tout noble amant peut parvenir.
Elle n'est fable, ni chimère ;
Elle aime, et, jeune fille ou mère,
Porte avec elle un bonheur pur :
Vierge, tout l'enfer la jalouse ;
On l'adore, suave épouse ;
Sainte, on l'honore en l'âge mûr.

Elle ne marche pas drapée
Comme la nonne au cœur blessé;
Si sa taille est enveloppée,
Son œil n'est pas toujours glacé.
Parfois son beau sein se dévoile,
Comme la scintillante étoile
Jetant sa clarté dans la nuit;
Elle a de ravissantes phrases,
Et, dans ses divines extases,
Avec quelle ivresse on la suit!...

III

LES DEUX.

Eh bien ! contemplez l'une et l'autre,
Bardes au style embellisseur ;...
Vous caressez toujours la vôtre,
Et fuyez sa candide sœur, —
Qui, blanche et virginale muse,
Tandis que le siècle s'amuse
A la poursuivre de dédains,
Va sur son radieux nuage,
Faisant son doux pèlerinage
Et rouvrant pour nous des Édens.

Vous nous peignez vos jouissances,
Vos délices et vos bonheurs
Comme des gens las d'impuissances
N'ayant pu graviter ailleurs.
Loin des hauteurs inoccupées,
Des esprits aux ailes coupées
Semblent emprisonner vos airs;
Leur groupe, qui vous environne,
Fait tomber sur votre couronne
Le vent mortel des chauds déserts.

« Pourquoi toujours le corps sans l'âme, »
Ciseleurs au hardi dessin?
« La matière, hélas! sans la flamme?
» L'argile où manque le feu saint? »
Serait-ce, incomplets Prométhées,
Que vos rimes sont des athées?
Que votre esprit se cloue au sol?
Que, dans vos plus splendides fêtes,
Vous n'avez de ciel sur vos têtes
Que l'azur bornant votre vol?...

Oh ! oui, la foi manque à vos « lyres, »
La force manque à votre orgueil.
Le jet pur manque à vos « délires, »
Le vrai soleil manque à votre œil.
Votre muse fait trop toilette ;
Tous les trésors de sa palette
Ne sont que des demi-trésors :
Les êtres que votre art façonne
Ont bien le reflet qui rayonne...
Mais qui rayonne du dehors. —

Oh ! si quelque verve puissante
Pouvait rapprocher ces deux sœurs :
Ici, la couleur saisissante,
Là, le souffle cher aux penseurs !
Ici, tout l'ornement fragile,
Le cadavre pétri d'argile,
L'enveloppe sans son milieu ;
Là, l'éblouissante lumière
Donnant la vie à la poussière...
Travail d'homme achevé par Dieu !

Oh ! si dans vos ardentes courses.
Poëtes, vous pouviez monter
Jusque aux bords des célestes sources,
Y tendre la lèvre, y goûter :
Vos créations enflammées
Seraient par l'eau sainte animées ;
L'âme irait où la main écrit,
Et l'art, chez vous comme chez d'autres,
Pourrait compter de grands apôtres....
Dans le corps chanterait l'esprit !!

F. FERTIAULT.

TABLE

Imprimerie de L. Toinon et Cie, à Saint-Germain.

EXTRAIT DE LA Ve OLYMPIADE

ALBUM DE L'UNION DES POÈTES

OUVRAGES DE F. FERTIAULT

LA NUIT DU GÉNIE. Poëme, broch. in-8.
LE DINER DES SEPT CHATELAINS, Poëme-légende en 3 parties, broch. in-8.
LE XIXe SIÈCLE, Satires morales en vers (en collaboration avec Eugène Nus). Broch. in-8.
LE BOURGUIGNON, / **LE MINEUR,** / **LE VIGNERON,** / **LE BANQUIER,** — Types dans *les Français peints par eux-mêmes*, édités par L. Curmer.
Traduction des **NOELS BOURGUIGNONS** *, de Gui-Barôzai (Bernard de La Monnoye). 1re édition, avec Glossaire et Musique. 1 vol. in-16.
Traduction des **NOELS BOURGUIGNONS** *, de Gui-Barôzai (Bernard de La Monnoye). 2e édition, augmentée des **NOELS MACONNAIS**, * du parrain Bliaise (le P. Lhuilier), et illustrée de 24 dessins sur bois de J. Bertrand. 1 vol. in-16, chez Auguste Aubry et A. Rigaud.
LES IMPERCEPTIBLES, Poésies, partie d'un Keepsake.
LE SELAM, Langage des Fleurs, illustré. 1e édition, 1 vol. in-32.
id. *id.* 2e édition très-augmentée. Partie d'un vol. in-16.
PAQUERETTES ET BOUTONS D'OR, Nouvelles pour la jeunesse. 1 vol. in-8.
LA BONNE ÉTOILE, Nouvelles pour la jeunesse. 1 vol. in-8.
Édition des **CONTES DE PERRAULT,** avec Moralités en prose et Préface, 1 vol. in-8.
CHANTS POPULAIRES, NOELS, etc., article dans le grand ouvrage *le Moyen Age et la Renaissance*. 3 livraisons in-4.
Traduction des **RIMES DE DANTE,** * 1re édition. 1 vol. in-16.
id. *id.* 2e édition. 1 vol. in-16.
LE FEUILLETON DE PARIS. Revue littéraire mensuelle, 4 années de Direction et de Rédaction en chef. Nouvelles et Poésies. 4 vol. in-8.
HISTOIRE PITTORESQUE ET ANECDOTIQUE DE LA DANSE, chez tous les peuples anciens et modernes. 1 vol. in-18, chez Auguste Aubry.
LE BULLETIN DE L'UNION DES POÈTES, Revue poétique mensuelle. 6 années de Direction et de Collaboration. Bibliographies et Poésies, 6 vol. in-8.
LE POÈME DES LARMES (en collaboration avec Madame Julie Fertiault). 1re édition. Partie d'un vol. in-16.
LE POÈME DES LARMES (en collaboration avec Madame Julie Fertiault). 2e édition, très-augmentée et précédée d'une Introduction par Henri Bellot. 1 vol. in-16, chez L. Curmer.
Nombreux Articles, Nouvelles et Poésies dans :
LE BULLETIN DE LA SOCIÉTÉ DES GENS DE LETTRES,
LE VOLEUR,
LE CONSEILLER DES DAMES,
LE JOURNAL DES ENFANTS,
LE BULLETIN DU BOUQUINISTE, etc., etc.
Trois Envois successifs, faits au ministère de l'Instruction Publique, de *Chants populaires* recueillis et annotés. (Ces trois Envois contiennent de 60 à 70 pièces, presque toutes jugées dignes de figurer dans le Recueil projeté alors.)

EN PRÉPARATION :

LÉGENDES BOURGUIGNONNES, 1 vol.
Un travail sur les **CHANTS POPULAIRES,** 1 vol.
ÉPISODES ET CROQUIS RUSTIQUES, 1 vol.
LE NID DU POÈTE, Poésies, 1 vol.

*** Pour chacun de ces trois Textes (*Noëls Bourguignons, Noëls Mâconnais*, et *Rimes de Dante*), les Traductions que nous indiquons sont les *premières* qui en aient été faites. — A défaut d'autre, nous revendiquons ce mérite.

Imprimerie de L. Toinon et Cie, à Saint-Germain.

www.ingramcontent.com/pod-product-compliance
Ingram Content Group UK Ltd.
Pitfield, Milton Keynes, MK11 3LW, UK
UKHW020427220726
13923UKWH00005B/2132

9 782019 255688